A Griffith y Graham, los dos niñitos a los que leo *Buenas noches, luna*

una y otra, y otra vez.

—L.L.

Buen día, buenas noches
©2017 por HarperCollins Español
Publicado por HarperCollins Español, Estados Unidos de América

Título en inglés: *Good Day, Good Night*
©2017 del texto por Hollins University
©2017 de las ilustraciones por Loren Long
Todos los derechos reservados. Manufacturado en China.
Publicado por HarperCollins Publishers, New York, NY 10007.

Traducción hecha por *Graciela Lelli,* Editora en Jefe
17 18 19 20 21 SCP 10 9 8 7 6 5 4 3 2 1

Primera edición

Buen día, buenas noches

Por MARGARET WISE BROWN
Ilustraciones por LOREN LONG

Cuando salió el sol, el día comenzó.
¿Quién vio la primera luz del día?
—Yo —dijo un conejito—, el único.

¡Buenos días, mundo!

Hola, luz del día

Buen día, a todos

Adiós, noche

Buen día, árboles
y pájaros en el cielo

Buen día, abejitas
a salir de la colmenita

Buen día, gatito
hay leche en tu taza

Estírate, gatito
trata de despertar

¡Buenos días a ti!
Abre tus ojos
porque cada día
es una nueva sorpresa

¡Ve, vive tu día!

Cuando salió la luna, la noche comenzó.

Buenas noches, pajaritos
abrigados en su nidito

Buenas noches, abejas
es hora de descansar

Buenas noches, cielo
y luz del día.
Buenas noches, flores
animalitos, buenas noches.

Buenas noches, gatito
Buenas noches, osito

Buenas noches, personas
en todo lugar

Buenas noches, juguetes
Buenas noches, mundo
Debajo de las sábanas
estoy bien acurrucadito

El conejo movió su nariz
y cerró sus ojos de color rubí
Buenas noches, conejito
Vete a dormir.